理科室がにおってくる

かわいふくみ詩集
Kawai Fukumi

コールサック社

詩集

理科室がにおってくる

目次

I

Ⅱ

詩集

理科室がにおってくる

かわいふくみ

I

一粒のダイヤ

手に入れ難いけれど　すぐそこに
一粒のダイヤがある
近づけば　ふっと消える
魔性のひとつぶが　そこにある

どんよりと
こころが目ざめていない日の
梅雨ののこした一滴に
朝陽が　ぎゅっと
とじこめられた神秘

高貴で純なまばゆさは
凛と吹いた風の瞬間に割れ散って
わたしの手にもとどいた

たあいない偶然で
すんなり手にした恵みのパワー
朝陽の分身をいただいて
人臭いきょう一日に
むかってゆく

理科室

鳥のような爪が
爪のような鳥が
ピンで留まっている

人のような人形が
人形のような人が
ピンで留まっている

人体模型や骨格模型の視線が
手もとをのぞきこむ

ホルマリン漬けの理科室

医者でもない無免許の
中学生が
目をそむけながら
怖いもの見たさに
カエルのような自分を
じぶんのようなカエルを
黒い十字架に
ピンでとめて
解剖の授業

チャイムが鳴っても
からっぽのカエルを
ピンでとめて

かすかな断末魔を
ピンでとめて
はかり知れないものを
ピンでとめて

雲間にも
街角にも
理科室がにおってくる

捌く

おとこは
浴室で切断したという
海や山へ捨てたという

おんなは
台所で解体する
傷口へ塩をすりこみ
焼いたあと
食べてしまう
またある日は

ぴくぴくしている筋肉に
わさびを添える

まな板のうえで
一部始終をみている眼が
殺意はなかった
というのなら
おまえは無罪
とでも言ったのか

包丁は　正気です
さばく手は　狂気です
そのどちらもが凶器です

台所のポリバケツに

まだけいれんしている目玉や神経を投げこんで
おんなは
虫もころさぬ顔をして
あしたの包丁を研いでいる

ノラ

ベンチの端っこで
光の輪郭にふちどられ
やせた背骨が
こりを　ほぐしている
声をかけてみる

相席してもいいかしら？

ああその個人主義のかたまりが
耳をかたむけるはずもなく

置物のようだ

やがて充電できたのか
ゴムのようなのびをして

たいくつしのぎの相手はまっぴらさ！

さっきの返事をぴしりと尻尾でかえす
それから
ひらり　ひらり
自由の宙《そら》をまたにかけ
にんげんのあまいところを
蹴とばしていった

つながってゆく

ネコが渡ってわたしも渡った
用水にかかる橋
最寄りの無人駅へつながり
郵便局へつながり
スーパーマーケットへとつながっている
ネコとわたしもつながった

かつて両手に子どもの手をひいて
夫を待った夕暮れの橋
きょう

鰯雲の下に　ひとり
足跡をみつめて
太く短い命綱をゆっくり渡ってみる

この水が育てた稲穂が
まもなくＯＫのサインをだす
すると小さなキャタピラが
橋幅いっぱいに
収穫の音を響かせて
渡ってゆく

ネコの肉球が
イワシ雲とつながって
オレンジ色に浮かんでいる

グレーゾーン

オルガンの音がながれる
水路のほとり
モチノキに
カラスのつがいが巣をかけた

子育てはエールを送るべきこと
けれどカラスがその知恵で
着々と企てていることは明白

モチノキは晩秋に
たわわに実を結ぶ

真っ赤な実の色は
渡り鳥の目印となり
ひととき羽をやすめ
腹をみたす止まり木になる
葉のしげみに
黒々とおおきな罠が
待ち伏せているとも知らずに

頭上を黒い風がかすめて通るたび
白黒つけたくなる偏見が
ちっぽけなふところの
グレーゾーンを出たり入ったり

讃美歌がながれてくる
音色は水にとけて
早苗の田は澄んでいる

鳥

虫の報せのような
犬の遠吠えやサイレンの音に
窓がふるえる
靴音や雨音に
スタンドの灯りがふるえる

夕暮れをひきよせる　鉛色の雲
傾いたアンテナにとまって
しきりに叫ぶ一羽の野鳥がいる

鳥は　アンテナを使って
遠くまで
なにかを伝えようとしている

なにを知ったところで
逃れる術がないのは
鳥ばかりではない
アンテナは　ただ一縷ののぞみ

何羽もの鳥が
いくつものアンテナを中継して
なかまに配信しようとするもの
アンテナを疾《はし》ったのは
一網打尽にしとめる閃光だった

白銀の翼

あまやかな日々の油断を
切り裂いて飛ぶ
訓練機の爆音
ふたつの航空自衛隊基地のはざまの
ＮＨＫ受信料半額地区のくらし

網戸での午睡に
ハッと身構える
バラエティ番組の嗤いに
身ぶるいをする

錯覚してはいないか
まもられていると
平和であると

日の丸の翼の下を
無印の
鴉がとぶ
鳩がとぶ
紙ヒコーキがとぶ

わすれたころに
脳幹を揺さぶってくる超音速
由々しき音に
我にかえるとき

子羊

主婦の手が空くころ
インターホンが鳴る
小窓からのぞくと
それとわかる二人組の女性

にんげんは弱いものです　という

ですから　と
形のないものを勧められるのは
ノーサンキューです

大丈夫ですから　の応えに
おつよいのですね　と
退散して行った

強くはない　そして
弱くもない
ただ
信じる道や　信じるものがちがう
それだけのこと

日傘がふたつ
わたしとは別の道に
ニンゲンをさがして
ためらいながらインターホンを押してゆく

空き缶

歩道に一個
体液を吸いとられたりんごの缶が
へこんでいる
低血圧の　青りんご

まだ　へこんだり
干されたりするわけにはいかないと
空元気《からげんき》でふくらんでみせるけれど
はりさけんばかりのものが
ひきつった口元から

もれだしている

北風にカラカラ
側溝のへりまで蹴とばされ
手も足もでないのに
歯ぐきが出血するほど
歯をくいしばっている

あばたも末成《うらな》りも

すこしばかり　へそまがり
すこしばかり厚い　面の皮
すこしばかり　顔にキズ

いわく在りげ　とおもいきや
新聞のつつみをあければ
ナス　トマト　ピーマン
畑の三兄弟が
身を寄せあって
赤くなったり青くなったり

選り分けられた末にひろわれた手のなかで
つややかによみがえる

わたしも三弟妹のはしくれで
一手にひきうけた
へそまがり　厚い面の皮
キズは
相手に負わせてしまう
見えないものかもしれないけれど
すてられることなく
ひろわれてきた

ヒトも大地のめぐみなのか
根っこもないのに
育ててもらった

濃密な　いのちの粒子ふる
露地は七月の陽のさかり

ギロチン

指の腹にある目玉
点字を読み　人の表情をよみ
布地や陶器などの質感を見分ける
そんな目でもある指先が
音を聞く耳でもあったとは

網戸の内側に
出口をさがす
アシナガバチがいた

刺されないよう
飛ばさないようにして
逃がすはずだった
左右の窓ガラスを
慎重にスライドさせて
あと一息、のところで
指先に奔った
身の毛もよだつひとつの濁音

ハチの頭が胴から落ちた

それは過去にわたしの首が
むち打ち症になった
その瞬間の音だった

耳をあててもきこえない
音のない音が
あの窓辺には落ちている

伝言板

真実を述べるのは
たやすいこと
争ってよいのなら
哀しませてよいのなら
そういって
花は
黙秘する

点字が打たれている

はなびらには
びっしりの
ノンフィクション
それが悩ましい
どんなに口をつぐんでも
滲みでてしまう
花は
偽りのない心がひらいたもの

蝶やカナブン　みつばちが
読んでいる
口のかたいものばかり
読み終えると
たしかめるため　飛んでゆく

空が
巨きな補虫網とは
しらなかった

生物の授業中

ブルーデーに負けて
保健室にゆく

あたらしい薬よ

と出された水薬に
いつもとちがう眠りに落ちてゆく
養護教諭は出かけて
静まり返った保健室

その静けさがさわがしい
ベッドのカーテンをあけると
棚いっぱいに床いっぱいに
薬品漬けの広口瓶がざわめいている

解剖した小動物　虫ピン
それから
登下校時に鳴るチャイム　アルコールランプ
アルミの食器　道徳の教科書
そしてまさかの
用務員のオジサンまでも
標本に⁉

密閉した口々に
「不用品

不要品
ふようひん
フヨウヒン」
と　哀しがっている

『幻覚・幻聴時に飲む薬』の貼り紙があって
紙コップに
貧血用　生理痛用
ほかにも用意されているけれど
どれも同じにおいの水薬

一口とろり　二口とろとろり
三口　あ、
このまま標本になるんだ………

一つだけフタの開いた広口瓶に
カエルが沈んでいる

アンラッキーの日の
フイになる授業が
保健室のベッドで
なまぐさく待っていた

柊

かすかな声の先に人影はなく
窓のすきまを風が透っただけ
その風がしのばせた
なつかしい声がまた
耳元ではなく鼻先に
ささやきかけてくる

庭木を処分する折に
魔除けと知ってのこした一本の
ヒイラギ

目にとまることも
気にかけることもない裏庭に
母の形見となっていた

山の木の葉が色づきはじめる寒い日に
台所の北窓に鼻を寄せ
白く小さい花つぶの
芳しき古風なことばを待てば
とおい街からの突風が
乱入してケータイを
鳴らしはじめる

今日の都

住めば都である場所は
住みたい都だったのか
降車駅は
はたして此処でよかったか
駅名を確認しながら
町並みを復誦しながら
一軒の表札にたどりつく
こんな名前だったのか

ドアをくぐれば

なすべき手順はわかっている
手抜きの炊事　洗濯
四角い部屋はまるく掃く
あとは馴染んだ机のまえで日が暮れる

踏み切りが鳴る甲高くなる
二輛の各駅停車は定刻通り
郵便配達がくる

右も左もわかりきった日常に
どっぷりおさまってなお
じぶんの影にはぐれている

インターホンがこたえる
はてわたしは誰でしょう

無言電話は口をおさえて薄ら嗤う
猫だけが
ニャアと
いちばんもっともなこたえを出す

もっともでないのは
じぶんなのだと言い聞かせ
きょうのところは今日の都に
骨をうずめるとする

トケイ草

止まっているはずの時が
ひっそりと息づいていたことを
木戸をくぐるまで知らなかった

何世代もの家族が
懸命に生きたであろう廃屋の庭に
家族分の懐中時計がからみあって
未だそれぞれの時をきざんでいた

エキゾチックな細工が

ほどこされた文字盤に
目を　耳を
うばわれる

あれは動脈の音
これは静脈の音
加速するもの
とぎれそうなもの
あるいは
逆まわりに進んでいるもの

どの一つも
グリニッジの時刻を
表示するものはない
けれど　どのひとつも

狂ってはいない

木戸の外部と
交わることを失くした時差が
しだいに膨らみをまして
ここは
わたしの長居する現在ではない
わたしの時計が共鳴して
蔓に巻かれてしまわないうちに
竜頭を巻きもどし

朽ちた閂《かんぬき》を
かけもどす

Ⅱ

草はらの住人

足元で
ちいさな二眼レフが
シャッターを切る

ジー、カシャッ!

草刈機の唸る音にも
ブルドーザーの脅威にも
ひるむことなく
ときにドローンのように舞いあがり

カシャッ　カシャッ　カシャッ！

失われてゆく楽園を
うばわれてゆく先住の地を
草の実のような眼の奥深く
やきつけておくことしかできない

するどいレンズは
ニンゲンという地上の恥部を
記録してゆく
膨大な証拠を保存する
目撃者たち

雑草とよばれる草はらに
虫けらとよばれて

雨の七変化

酸性の土には青く咲くという
紫陽花のとなりに
赤いサルビアの不思議

酸性の土地に暮らして
酸っぱくなるこころと
ならないこころの不思議

物憂い季節に物想わせて
しっとり降るはずの

しっぽり濡れるはずの
その雨が今
巨大化して
ゲリラ化して
殺人化した
そのプロセス

どんな土に咲いて
ヒトは自分にあまくなったのか
わたしの指も加担して
元凶の引き金をひいた

未来をよみ違えた
わたくしたちの行為が
自然界にムチをとらせてしまった

ヒトの知恵は今更に
どのように向き合うか

色を落とした九月のあじさいに
サルビアに
前線はなお発達中

現在地

降ればふるほどに
さらなる過去がふってくるのは
星の光
そのように
過去はつねに先頭にあって
後続車輛に追われ押しだされてゆくもの
足早に追いついて
越えてゆこうとする若者も
歴史を抜き去ることはならない

億光年むかしの光の中に生まれたわたしは
後続車輛といういのちの連鎖が
先人たちを押しだしてゆくように
父を押しだし　母を押しだし
くりかえされるその先へ

わたしの車輛にも
星の光や
妊婦に宿る太古の海
うまれてくる未来
死者のたましいなどの
バラバラの時代が乗り合わせて
千キロをこえる時速で
時を駆けているというのに

駆けているのは
窓の景色の方だった
乗客は
「刹那」の上に
ピンポイントでうたれたマチ針のように
静止している

時が止まるとき

今夜も衝動に駆られる
満月に引っぱられる潮のように

手のとどきそうな月までの
徒歩でのぼる虚無と充実
疲労感はないけれど
夢であっても足がむくんでいる

あとからあとから
月の矢をあびながら

どこで手がはなれたのか
そこにいたはずの月は
すでに夜の出口

月が消えるとふわふわと
砂漠に不時着をする
月の砂漠ではない
旅立った位置　わたしの椅子の中
すると　一握りつかんだ
この手の見知らぬ砂はなんだろう

すでにちいさな砂山が
机に並びきれなくて
砂時計の砂はこぼれずに
いつもそこで止まっている

旅程

砂丘をゆく夕陽は
ひとさし指の先から手の甲へ

ナナホシテントウが
空と地平線を
縫い合わせてゆく
全部とじたら外に出られないよ

窓をあけるとちいさなお針子は
糸を切ってとびたった

窓の遠く
白い客船がゆく
あすの朝　港につくまでに
ジャンパーを脱げばよいから
そんな速度で
水平線のファスナーを
押しあけてゆく

心地よい感傷にひとり酔って
暮れなずむ今日の内と外を
縦にとじる

明日はななめに翔んでみようか

水族館

湾曲したガラスの壁と
水のゆらぎに浮力がうまれ
水平線がひっくり返る

からだの表面張力が破れると
じぶんの海に投げだされた
わたしはいっぴきの　さかな
めまいの渦にのまれたまま
進化の過程を遡上してゆく

時間差で聞こえてくる
遠足のこどもたちの声

おぼれる半魚人　発見！

そう　わたしは
とうに鰓をなくした
変なさかな
そして君たちは
これからヒトに進化してゆく
ピチピチの人魚

三半規管の衰えで
ときおり海に還るけれど
おぼれているのではない

ヒトのかたちの六つの海に
わたしも探す
新大陸　発見！　の朗報を
ふたたび激しい波に打ちあげられて
二本足で歩きだそうと

ウミガメの子

ゼラチン質が固まった音がする
内側からちいさなハンマーの音がする
潮の匂いが充ちてくる
ここがふるさと
ここが未来と

月もなく
砂山もなく
母亀もいない
孵卵器のなかで生まれた

ウミガメの子

母亀が引きずっていった幻の
赤い糸をたぐりながら
囲いの中に月面着陸をして
涸れた月の海に
手足を泳がせている

ここがふるさと?
ここが未来?

首をのばして何度もたしかめる
騙されてはいけない
と　閉ざされた空から

人工太陽の光がふってくる
母亀の匂いのする
地球の海に帰還したくて
子亀は
背中のソーラーパネルいっぱいに
偽物の光を充電している

でこぼこ

アスファルトにころがって
行き場のない小石
タイヤにひかれ砕かれて
砂粒になるまでの
邪魔もの

路が延びる

立ち退きを拒むバリケード
田畑　空き地で声をあげる

石や雑草　巣穴の
不都合なでこぼこは
ローラーでのしてしまえ

地球に巻きつける
包帯のように
アスファルトが延びる

文明に封をされる邪魔ものが
一陣の風に巻きあがり
現場監督の頰をうつ

ほんとうはおまえではない何者か
にむかって
小さなつぶてが頰をうつ

ただ不可欠なものとして

白日の下に立つと
足もとに寄り添うものが
地の鼓動をうけて息を吹きかえす
人格も意志も見あたらない
もうひとりのわたし

ときに存在の意味を問い
ときにうとましく
踏みつけたり蔑にしたり
跳ねて宙に浮けば

ぺらりと剝がれるのに
着地点に待ちかまえて
わたしは囚われる
けれど　陽が翳り　こころがかげれば
運命的な結びはもろくもとけて
闇にのこされるわたし
もうひとりのわたしは救わないのか？
そう　かたちのないものだから
なにかに似ているのだから　望むべきではない

男が在れば女があるように
わたしが在るためのバランスとして
ただそこにあればよい　相棒
くっきりと　きょうの濃さがうれしい

そして　地球

降りそそいだのは
人類には創りだせないもの
星の素
生命の素

説明のつかないものをうけとめる
無から有がうまれたこと
奇蹟の連鎖がおこったこと

わたくしたちの存在が
それを証かしているので

ビッグバンから四十六億年
そこに生まれた生命体のひとつが
うけとめられないものを
造りだした

創造主さえ予期しなかった
突然変異の悪魔の一味が
破壊の道具と破滅のシナリオを

仰げばふってくる
星の光や雨雪にまじって
死の灰　放射能
悲鳴　屍　正体不明のもの
降りつもって　地球です

風媒花

わたくしたちは出発した
アフリカの地から
ひとりの母から
風を乗りつぎ夢をのりついで
蜃気楼に浮かぶ
それぞれのオアシスへ

風の絶えることはなく
きょうもやってくる
となり町から

異国の地から
ひとつの使命を持って
ひかりの粒にのり風をのりついで

そうして着地して根づこうとするものを
わたしは引き抜いている
わたしが小鳥や昆虫だったなら
助け合うはずのものたちを

晩秋

野を這ってきた指が
しわがれた声で雨戸をたたく

翡翠の玉
瑠璃の玉
ざくろ石は欲しくないかえ
そういって
入り込もうと家中をたたいて回る

壁をすり抜けて

布団を剝がされないように
ちぢこまって目をとじているうちに
不覚にも
すとん　と闇の底に落ちてしまった

あいまいな光に起こされて
雨戸をあければ
厚いオブラートの垂れ下がった空
夜ごと　風の老婆が徘徊する

乱れた庭に目をやれば
糸の切れた野葡萄の
五色の玉が
夜半のささくれた老婆の道筋に
刺さるようにばらばらと

鳩の幻影

砂埃をかぶり
マネキンのように立つ子ども
置き去られた場所が
夢の中なのか現実なのか
わからないことがすべてで
へいわ、なんて超現実
爆弾に吹き飛んだ

耳をつんざく砲撃に
空も人も崩れ落ちるのに

音のない世界
子どものからだが傾いていって
ふいに
音がもどってくる

頭上から
不安を煽りたてて飛ぶ
自衛隊の輸送機の怪音
すでに何かを積み込んでいる

瓦礫の街に立つ子どもは
火薬のにおってくる報道写真の一枚
この耳で聴いたことのない衝撃音は
写っていなかった

青空を壊して
トンボや
子どもたちの夢の飛べない空に
鳩のまぼろしまで
撃つというのか

嗅ぎとっているか
日本の鳩は

お面

日常のどこかで
ふいに射られることがある
焦点のない視線に

そんな視線があからさまに
並んでいる
縁日のお面の目の位置に
穴に目玉をはめこむことは
お面がいのちを宿すこと

キャラクターが動きだす
アトムもウルトラマンも美少女戦士も
能面も呪術師の面も

操っているのか
あやつられているのか
祭りに呑まれ浮かれていると
お面の方からはりついてきて
おかめやひょっとこにされてしまう

お祭り広場には
見物人にまぎれたいくつもの
目玉の穴が品定めをしている

日常のどこかで

虫の音がやむとき
ネコがレーダーを向けるとき
太陽が一瞬目を伏せるとき
玄関ドアののぞき穴のむこうから
ついて来た穴がのぞいている

シャッター通り

日が暮れて
二階に電気が点るのは
クスリ屋　barber《床屋》　コーヒー屋

夜桜がしろい
月も　ぼんぼりも
花冷えの息も　しろい

この町は　中央通りの信号でまっぷたつ
流行っているのは北側の

目新しい店のならび　さくら並木
昼間も薄暗い南では
さくらさえも路地裏に

ひっそりとしたさくらは
ひっそりとした客が花見をする
洋品店やテーラーの裏口に
職を失くしたマネキンが
途方にくれて仰いでいる

御用聞きの道すがら
ころんで顔面打撲のミニバイク
ひとつしかない目玉を失明し
お先まっくらな足もとに
ひとひらのあかり

立て看板のすきまには
いきをひそめ
目を凝らした子猫らが
ゆれる花陰に
乳のにおいをかいでいる

ひとむかし　という時を駆けぬけて
止まってしまった貨車なのか

せとものあらもの写真館
下駄手芸品呉服駄菓子屋
などの屋号がつらなって
シャッターでとじられて

風の飛脚便

それは
ひそかに配達されるもの

夜露の降りる音であったり
草の実が根づく音だったり
精霊たちの渡ってゆく影　のように
たしかめるすべのない
透明な荷物のときもある

臨月の豆の莢《さや》や

さなぎ　まゆ　のように
人の手が　決してあけてはならない
未来の荷物のときもある

風の飛脚のたわむれゆえに
いつもわたしに届くとはかぎらない
気まぐれな郵便受けも
小石の高さに目をおかないと
みつからない

それでも
ふるさとの方からやってくる
雲のかたちが移ろうたびに
ときめく一瞬がある

終電車の警笛も
緊急車輌のサイレンさえも
ゆるいメトロノームのように遠く
深い眠りの枕のむこうから
はるかな夜をひた走る
ひとすじの風の足音よ

朝まだき
眠りの扉をノックして
速達便をひとつ
戸口に投げ入れていった

ナラの若葉にしたためられた
ひなびた森のふるさとの
初夏をしらせる　オトシブミ

あとがき

わら半紙を綴じたノートに、文字らしきもの、絵らしきものをかいて遊ぶ子供だったそうです。その子供が「かく（書く・描く）」ことを意識するようになったのは、中学生になり、作文や絵を褒められたことでした。

その後、ビジュアルデザインを学び、学習雑誌の挿絵や折り込みチラシのカット描き、絵画教室の講師など、描くことに携わる仕事につきました。その間には、美術団体に所属し、イラストの個展を開いたり、制作に追われながらも充実していました。

その頃、ふとした縁で詩作を勧められたのですが、少女趣味の域を出ず、年に一篇を書くことさえ苦痛でした。それでも読むことには魅せられましたので〈詩とは何ぞや〉と向きあうようになりました。

〈何ぞや〉について私は好きな抽象画や半具象の絵との共通点にゆき着くのです。それは、添えられた題名をヒントに、どのようにも読み解けることです。そこで、なるほど！　と腑におちると、作者の巧みな術中にはまってしまったことに嫉妬と憧れをおぼえます。

音楽家に絶対音感があるように、絵描きにも絶対絵感のような感覚があるのでしょうか。すると詩人にもそうしたものがあるのでは、と思うようになりました。天性のものなのかもしれませんが、努力によってすこしは近づけるものかもしれません。

小さくても私の胸に闘争心のかけらが見つかって、ますます詩の深みに魅き込まれてゆくところです。

この詩集のタイトル「理科室がにおってくる」ですが——

第一次ベビーブームの終わりに生まれた私は、中学校入学時、現在の少子化とは逆に生徒数が二千人を超えるマンモス校で教室が足りず、新校舎増築までの半年余りを理科室で学びました。数人で囲む黒い机、黒いカーテン、部屋の中央には一本の柱があり、片隅には人体や骨格の模型があるという独特の空間でした。

大人への階段を上り始めた年頃、少し複雑な家庭の事情を嗅ぎ始め、大人達の秘密のにおい、世の中のにおい、転校の度感じた疎外感、それらが混じりあって当時の通学路から現在に至るわたしの鼻先に、におっているものがあります。その一端として書いた「理科室」の終連を表題としたものです。

編集の佐相憲一さんにはたいへんお世話になりました。こうして一冊の詩集に結実したこと、心よりうれしく、お心づくしの栞解説文、厚くお礼申し上げます。

二〇一七年一月吉日

かわいふくみ

著者略歴

かわいふくみ

1951年　岐阜県生まれ
中日詩人会　会員
詩誌「ペンダコ」発行
既刊詩集『ひとりの女神に』（土曜美術社出版販売）

現住所　〒484-0077 愛知県犬山市大字上野字大野 224-9

石炭袋

かわいふくみ詩集『理科室がにおってくる』

2017年2月25日初版発行
著　者　かわいふくみ
編　集　佐相憲一
発行者　鈴木比佐雄

発行所　株式会社 コールサック社
〒173-0004　東京都板橋区板橋 2-63-4-209
電話 03-5944-3258　FAX 03-5944-3238
suzuki@coal-sack.com　http://www.coal-sack.com
郵便振替　00180-4-741802
印刷管理　（株）コールサック社　製作部

＊装幀　奥川はるみ

落丁本・乱丁本はお取り替えいたします。
ISBN978-4-86435-283-3　C1092　￥1500E